문학과지성 시인선 423

신호대기

류인서 시집

문학과지성사

문학과지성 시인선 423
신호대기

초판 1쇄 발행 2013년 3월 4일
초판 3쇄 발행 2016년 10월 14일

지 은 이 류인서
펴 낸 이 주일우
펴 낸 곳 (주)문학과지성사

등록번호 제1993-000098호
주 소 04034 서울 마포구 잔다리로 7길 18(서교동 377-20)
전 화 02)338-7224
팩 스 02)323-4180(편집) 02)338-7221(영업)
전자우편 moonji@moonji.com
홈페이지 www.moonji.com

ISBN 978-89-320-2387-8 03810

문학과지성 시인선 423

신호대기

류인서

2013

시인의 말

세번째 시집이다.
반가움과 고마움이 하나여서 따뜻하다.

2013년
류인서

신호대기

차례

제3부

제4부

제1부

물이 쏟아지는 붉은 컵

이것은 네 입술이 닿기 전의
컵이 가지고 있던 목마름
컵의 목구멍을 타고 혀처럼 쏟아져 내리는 목마름
쏟아져 금요일의 안부가 들리고 발목이 들려 내게로 건너오는 목마름
컵의 목구멍 속으로 되넘어가기도 하는 딸꾹질 소리 같은 목마름
네 등산 배낭에 달려 벼랑을 오르는 스테인리스 컵 하나 분량의 목마름, 천 개의 컵에서 출렁이는 한 입의 목마름

이것은 내 입술에 붙들려 공중에 멈춘
천둥보다 무거운 컵

위조화폐

지루한 휴전의 나날,
즐겨 입는 그물무늬 셔츠의 창살 안에서
나는 적들의 화폐 만들기에 열중입니다

내가 만든 이것으로 나는
다섯 개 강을 건너 사흘 동안 걸어가면 나온다는
적의 옛 마을이 숨은 지도를 살지도 모릅니다
벚나무 가지에 걸어둔 춤추는 노숙자 소녀의 분홍 전화기를 살지도 모르고
두툼한 샌드위치와 커피가 있는 휴일의 식욕과 다시 바꿀지도 모릅니다

이것이 오늘 사랑법
위조만을 위로 삼는 위험한 선택입니다

쇠비린내가 묻어나는 천진한 내 손은 나의 전리품입니다
식민지인 이 손안에서

팔락이며
짤랑이며
몸을 섞는
악화와 양화들
보실래요?
곧 패총처럼 수북해지겠군요

동전처럼 빳빳하고
지전처럼 후줄근한
썩지 않는 그 나라가 코앞입니다
어리둥절 차가운 당신 웃음쯤 문제가 아닙니다

풍선 장수

너는 바람 장수
아니, 호박 장수
다른 아침에서 온 떠돌이 신발 장수

너는 짐짓 자신의 가슴 안으로 손을 찔러 넣어
쪼그라든 부레를 꺼내 흔들어 보이곤 했다
"알고 있었니 우리가 바다라는 거"
똥그랗게 물고기 눈으로 올려다보는 아이들에게
풍선을 불어주곤 했다

저문 강물 쪽으로 서 있던 사진 속 아프가니스탄의
그 풍선 장수*처럼
너는 자전거 바구니 가득 풍선 다발을 매달고
바다시장 사람들 사이를 지나가는 키다리 풍선 장수

부레 없는 고래가 애드벌룬으로 뜨는 밤
물고기 주둥이 술병과 함께 우리는 노래를 부르지만
딸꾹딸꾹 부레 같은 술병을 안고

번번이 다른 잠이 들지만

* 「아프가니스탄의 풍선 장수」: AP 통신의 기자가 찍은 것으로 알려진 사진.

눈

눈이 온다
와서
먹어치운다

가등 아래 남자를 먹어치운다
벤치뿐인 벤치를, 거기 붙은 빈자리를 먹어치운다
공터의 이글루 같은 자동차들을 먹어치운다

먹어치운다
엘니뇨와 라니냐의 소란한 탁자를 먹어치운다
던킨도너츠 커피 한 잔을 순식간에 먹어치운다
담벼락과 포장마차의 낡은 연애를
돌아와 쓰러져 눕는 반 토막 그림자를 먹어치운다

전화선 너머 국경 너머
둥지 밖 새들의 잔고를 먹어치운다
발 묶인 봄, 세상으로 가는 이정목을 먹어치운다
저의 시작 북풍의 침대까지 남기지 않고 먹어치운다

다 먹어 텅 빈 눈의 식탁 눈의 위장

소화불량

폭설이 온다

침묵 수도원

침묵은 귀 밝은 늙은 동물,
놀랍게도 그 굽은 등을 지반 삼아 집 짓는 사람들을 보았다
선잠 든 침묵의 귓불을 건들지 않으려 가만가만 시간을 벽돌 쌓으며 걷는 젊은 수도사의 조심성 많은 뒷모습을 보았다
가을겨울가을겨울 더 깊어지는 회랑(回廊)이 침묵의 방벽이 되어주는 말없음의 시간을 보았다

삼엄한 침묵의 경계(警戒)를 피해 수도원 담장을 혼자 넘어 나가는 벙어리 신이 떠올랐다
황무지 눈밭을 발자국 없이 뛰놀고 있었다
봄잠 든 침묵의 콧등을 밟고 골짜기 숲으로 산책 나선 천진한 밝은 얼굴의 노수도사들도 있었다

소리, 소리들을 보았다
수도원 뒤쪽 산맥 넘어 흰 눈이 걸어 내려오는 소리
마당을 지나는 바람의 나무 구두 소리

저녁 종을 당겨 새의 길을 봉쇄하는 소리
한 자루 촛불로 천년의 침묵과 어둠을 봉쇄하는
……그런 소리들을

라스푸틴

그는 북국에서 왔다
뻣뻣한 삼나무 수염을 가진 시베리아 농부의 아들
그는 무릎까지 내려오는 검은 옷을 한 번도 벗은 적이 없다

그는 저잣거리의 차력사처럼
무성한 괴력의 수염으로
시베리아발 밤 열차를 끌고 간다
눈 덮인 호수와 평원을 지나
12월의 불길한 밤
음모의 총구 속을 느릿느릿 통과한다

그 시간, 그의 뒷머리를 내리친 은촛대의 황금 불꽃은
그러니까 빛의 수족이 아니어서
열차를 놓친 그의 영혼은
네바 강 두꺼운 얼음 구멍 아래 수장된다

얼음이 녹고
저자의 취한 바람이 주문과 추문으로 그의 부활을 부추길 때
검은 유머처럼 강물 위로 떠올라 펼쳐지는
그의 승복(僧服)
그것은 내가 사는 이 왕국의 지도와 난감토록 닮아 있다
지도의 아랫도리에는 거대한 남근이 달려 있었다

혀

회전목마 붉은 말 떼를 몰고 달려가는, 맨홀 덮개보다 넓은 회전판을 당신 혓바닥이라고 하겠습니다

편자도 없는 발굽으로 허공을 긁으며 달아나는 말, 말을 쫓아 달려가는 이 혓바닥은 별들이 태어나는 우주의 은하 원반과는 달라서

구유 같은 내 입속에서는 아직 어떤 별도 태어난 적이 없습니다

당신은 소용돌이치는 은하, 갈기털을 뻗쳐 혓바닥 안장 위로 가볍게 나를 안아 올립니다

이곳은 복숭아밭이 있던 자리

도원에서 중원까지 우리 주마간산 주유사방 말 달려도 좋겠습니다

덮개 아래 허구렁처럼 나는 혀 아래 블랙홀을 숨겼습니다

바람으로 재갈 물린 목마처럼 나는 소리 없이 울 수 있습니다

밤의 공원에는 밤 없이 기다리는 열두 마리의, 아

니 열 마리의 적토마

한 말은 도망갔고 한 말은 아직 오지 않았습니다

별

별, 이유야 있겠나요
물비린내 뒤숭숭한 항구에 앉아 하늘을 올려다보는 이
무겁게 휘어진 밤의 천장을 납작 펼쳐 중세의 평면화폭으로 되돌려버리는 이
반점 우글대는 빈 화폭에서 부리에 별을 물고 날아가는 커다란 흰 새를 포획하는 이

사이사이
물결이 흔들리고 별똥별 떨어지고
한 낯선 꿈이 동쪽이나 서쪽으로 순행하거나 역행하는 일

사람들이 잠든 사이
그 눈 속의 새가 짐을 챙겨 수평선 너머로 줄행랑치는 일
늦잠의 바닥에서 우리가 천장의 파리를 좌표점으로 낡은 별자리 다시 그려 넣는 일

별, 이유야 있겠나요
별은 뭇별
제복의 붉은 견장 위에도
탈옥수의 팔뚝에도
빛나며 뜨는 그 별
어린 정부의 식탁 위에 빵 대신 배달되는 한 소쿠리 별

별이나 이 항구나 당신 자명종 소리나
항구적이지 않기는 한가지여서

바다에서 뭍으로 뭍에서 바다로
항구에는 늘 항구적인 바람이 분다지요

세컨드 라이프

그런 곳이 있어, 네 가는귀와
오는귀 사이

내가 접어 날린 종이비행기가
네가 띄워 보낸 구명정이
흔적 없이 사라져 돌아오지 않는 곳
무지개를 가장한 엷은 기름띠 한 줄 떠다니지 않는
의문의 해역

교신과 교감이 차단된
자동항법장치도 모스부호도 먹히지 않는
웅웅거리는 떨림만 떨림으로 살아 있는

이곳은 좌표 없는 암사지도 위
안개 속의 휴양지
사라진 나는 그러므로 너의 나날 궁금하지 않아
나는 창의 유리심장에 귀를 대고 파도 소리를 듣던
사람

유람선과 유령선을 한 바다에 띄워두고
왕의 파라다이스를 즐기지

* 세컨드 라이프: 린든 랩 운영 가상 세계.

신호대기

어제의 벽에 등을 대고 서 있다 오늘의 벽에 등을 대고 서 있다
다중국적자처럼 우리는
달아나도 좋겠지 역주기로 오는 계절과
사수처럼 매달린 제3의 창문에게서
얼굴을 공유하는 화장술에게서

출구를 감추는 불빛들,
나는 무릎에서 흘러내린
기다림의 문턱값을 밟고 서 있다
바람이 열어 보이는 틈바구니에서
마른 유칼리 나뭇잎의 고독한 살냄새가 난다

동쪽에서 꺾은 가지를 서쪽 창에서 피울 수 있을까
화분을 안은 여자의 아이가 손안경을 만들어 다른 곳을 볼 때
그림자들이 살아났다
밀도가 다른 두 공기 덩이가 길 가운데서 만난다

전선이 통과한다

우리 몸에 시간이라는 전류가 흐르기 시작한 것도

이때였을 것이다

나비

발바닥이에요
손바닥이에요
그렇게 흘레붙어 낳은
애면글면 내 어린 혓바닥들이에요
태엽 손잡이만 한
날개예요
식어 느슨해진 중천을 팽팽하게 충전하는 말랑하게 풀어 읽는
장악(掌握)이에요
변칙, 반칙, 봉투 속의
꽃씨예요
흰 두건 아래 매복한
유령 테러리스트예요 어둠 퇴마사예요

내 꿈 건들지 마 내 잠에 손대지 마

화간하는
꽃과 꽃 사이

두께와 무게로 떨어져 쌓이는 무른 그림자와 얼룩들이 있고, 무장해제 당하는 포로 잡힌 도시가 있고, 방부 처리의 표본 상자 같은 광장을(침대를) 안고 천창 밖으로 사라지는

참을 수 없이 가벼운 세계가 있고

비행의 기원

계단을 날개의 의태로 읽으려 한다
애초 이것은 육체라는 건물 안에 매복해 있었을 것이다
삐걱거림이 멈추는 자리, 어디선가 끝나는 계단과
불연속의 물결들

밤의 천사는
박쥐처럼 살의 갑옷을 끌어당겨 발가락을 감추고 손가락을 감추고
숲으로 갔나
비막—날개 끝에서 자라는 별의 발톱

돌의 어깻죽지에서 뛰쳐나온 새들이
깃을 파닥이며 경사진 벽면을 오른다
오를수록 멀어지는 낡은 원근법을 배운다
포개 누운 수평선 너머
계단의 흉근이 부푼다

계단은 사람의 골목을 지나 다른 해안으로 이어지고
벽이 끝나는 지점에서 쏟아지는 바다
바다를 뒤집어쓰고 박쥐처럼
거꾸로 매달려 잠드는 계단들

렌즈

해변으로 떠밀려 와 죽어가는 화면 속의 고래
그 고래 물기 그렁한 눈접시에 담기는 배부른 구름
그 구름 몸 풀어 어린 구름에게 젖 물리는 동안
어린 구름 자라 덩치 큰 고래 구름으로 다시 떠가는 동안
죽어가는 고래 둥근 눈접시 둘레에
백 배속 빨리감기 테잎처럼 되감기며 지워지는 머나먼 낯선 별의, 바깥

블랙아웃

불안한 커튼처럼 저녁의 윤곽이 부푼다 침산동 올림수학 앞을 지나며 버스는 조금 속력을 올린다

하루가 제 늙은 발등에 키 큰 건물들을 올리고 붉은 등을 흔들며 익명의 거리로 간다 킬힐 위의 여자가 불빛 그림자에 잡혀 계단과 함께 휘어진다

셈법이 없는 꽃들은, 새들은, 어디에다 제 몸의 스위치를 올려두나? 구름이 가로수 녹슨 난간에 옥탑만 한 둥지를 튼다

아침의 음역을 가진 새소리가 담긴 항아리, 그 빈 알껍질에서 아이들의 파리하고 새된 숨소리가 떨어진다

비닐 화분의 꽃대가 목을 젖혀 덜 익은 씨방을 보여준다 씨방 안에 우리들의 침대를 올려둔다 그 위에 하느님의 꿈 없는 잠을 올려둔다

제2부

기침

네 목뻐에 걸린 아담의 사과, 마른 그 사과씨에서 싹이 트는 밤
바구니에 남은 사과의 시든 땅에도 콜록콜록 파란 잎 돋고 사과꽃 별이 뜨는 밤
지평선인지 수평선인지 비틀린 허공으로는 거꾸로 매달린 강물이 흘러
마을에서는 벗긴 사과 껍질 같은 탯줄을 목에 건 아기가 태어나는 밤
젊은 아비들 갓 낳은 제 아이에게 이름을 지어주는 밤

융기하는 두 섬처럼 아이와 내가 사과나무 숲에서 오누이로 만나고 싶은 밤
사과씨만 한 눈물 속의 배를 꺼내 타고 어부들의 따뜻한 바다로 가 닿고 싶은 밤
아이의 껍질인 빛과 공기의 껍질인 바람과 물의 껍질인 파도를 밤 가운데 남겨두고 오는 밤
남은 마음이 마음 저 혼자 하염없음의 모래 바다로 걸어 들어가는 밤
껍질에서 껍질로 조개가 진주에 가 닿는 밤

심부름센터
—비둘기명함

삐라 대신 오늘도 나를 뿌린다
광장 육교에 뿌리고 오피스 빌딩 복도에 뿌린다
미분양의 우편함 속에 몰래 뿌린다
아내들의 지갑에도 부적 대신 꽂혔을 터, 즐겨 사용하시라 나를
악담과 농담 사이에 끼워두고 비와 음악 사이에 끼워둔다
마네킹양 가터벨트 검은 레이스에 끼워둔다
방음이 잘된 이 도시 소음 속에 서둘러 끼워둔다
눈 오는 공중화장실 얼룩 밑에 끼워둔다 녹아내린 오후의 나무 그늘에 끼워두고
막간의 그림자극에도 보란 듯 끼워둔다
집시 노래를 부르는 접시 바닥에 끼워둔다

쉰 개의 전번과 마흔아홉 개 선글라스로 악천 악후 사이를 흘러 다니는 나의 사업은
자루 가득 지루한 캐릭터의 피규어를 배달하는 일과는 달라서,

희망상영관의 원격 조정 리모컨을 훔쳐내는 일과는 달라서,

책궤마다 빼곡한 방풍 방부의 약병을 정돈하는 일과는 달라서,

방문마다 내걸린 수렴청정의 주렴을 바꿔 다는 일과는 달라서,

승승장구 보급용 나의 사업은

달팽이

나는 내일의 구름에서 출발하는 아이
사람들은 날 두고 비를 기다리는 소년이라 수군대지만 나는 비 온 뒤의 태양을 기다리는 중입니다
태양의 맞은편에 넝쿨지는 무지개를 기다리는 중입니다
그러니 나는 태양의 부분
나는 지평선 아래 묻혀 있다는 무지개의 반원을 찾아 들판을 건너지요
내 무지개는 가없는 뿌리를 가진 식물성의 덩굴
그러니 나는 땅의 부분

등에는 빛의 뿌리 한 도막 캐 담을, 깨지기 쉬운 옹기가 얹혔습니다
해의 문양이 찍힌 비항아리를 진 나를 사람들은 어리석은 나귀라 부릅니다
나는 나의 옹기에 습기 많은 바람을 가둔 적이 있지요 파도치는 햇빛을 담은 적이 있지요

항아리 속으로 사라진 나를 봅니다
우리는 비 아니라 빛에 목말라 죽을 수도 있는 것이
라고
내 항아리는 발아래 바스러져 대기에 섞여
노래의 흐린 낌새로 떠다닐 것입니다
그 무지개는 내가 아는 가장 황홀한 티끌의 강, 빛
의 현악이니

늪구름

옷걸이에 걸린 빈 옷가지조차 등이 가진 표정은 서늘하더군
놈이 등을 보이고 간 날 이후
너는 빨래라면 꼭 앞면으로 널어 말리는 습관을 얻었다
탈수 안 된 몸에서 쇠구슬 같은 물방울이 떨어진다

덩이덩이 눅은 바람이 선풍기에 갇혀 시든다
달력 그림 속의 미꾸리가 빗줄기를 타고 날아오를 때
새들이 끌고 가던 공중의 난파선에서 도시락만 한 나무 상자가 마당으로 떨어진다 상자에는 새들이 보관해온, 발아하는 구근처럼 뭉근한 심장 한 뿌리 담겨 있다
네 흉곽에다 심어줄까 이걸?

햇빛의 역습을 기다린다

봄, 무방향 버스

이 길은 무방향, '없음의 방향' 하나를 더 가진 길이라 하네

종점에서 종점으로 맴 맴, 같은 곳 같은 시각에 묶여 사는 길들의 길

차창이 기억하는 풍경과 후사경이 기억하는 풍경이 다른 길

저만 아는 노선들을 외상 장부처럼 품고 돌보지 않은 언덕 넘고픈, 달달한 악몽의 향기 가득한 길

당신도 나도 아직 가보지 않은 방향이어서 하마터면 방황하는 근원이라 부를 뻔했다

* 김중혁의 소설 「무방향 버스」에서 빌림.

장마전선

1

구름의 추적을 따돌리느라 음지에서 음지로 발목이 붓도록 걸었으니
우리는 구름의 숨은 인질, 구름은 우리의 오래고 익숙한 감정의 은닉처
푹푹 발이 빠지는 공기 속에서 너는 마음을 빼내지 못하고
젖은 옷에 갇힌 몸 꺼내지 못하고 나는 신발에 갇힌 닳은 발을 풀어주지 못하고

간신히 문지방 같은 꿈을 벗어났을 때 시가(市街)엔 전위대처럼 먼저 와 있는 구름 덩이
구름의 바리케이드
물러설 땅이 없어! 꺾은선그래프로 지고 있는 화단의 푸나무들 구름에 빠진 뿌리 뽑아내지 못하고 꽃잎들은 뜯어 먹던 어린 구름 내려놓지 못하고

2

백 년 전의 기우제가 이제야 먹히는 거라! 구름 사냥꾼 청소 할머니 타다 만 몽당빗자루로 쓸어내고 또 쓸어내시지 비 끝에 붙은 구름 알갱이까지 야무지게도 털어내시지

빗자루에서 떨어진 풀씨에 검은 싹 돋아 출발한 진흙 침대 첫자리서 한 걸음도 달아나지 못했네 우린

키 낮춰 우산 아래로 숨는 애인들, 예쁘구나 초록 이끼가 돋는 지붕, 속으로 물러터진 비

3

구름에 최면을 걸자

(그는 사장님의 절부채 바람에 쓸려다니는 솜구름

송이죠)

휴일은 비밀 없는 새들의 땅 쥐들의 하늘, 그러니 비밀을 만들어도 좋은 곳

떠나, 폭죽처럼 달아나 돌아보지 말자, 뒤집어 보인 내 지갑에서 쏟아지는 바람 사이 백지장보다 말갛게 얇아진 주말

구름의 행낭이 텅 비었으니

이것은 또 다른 가뭄의 시작

버린 꽃밭들 버린 구름의 목록으로 떠서 끝내 허공의 열점 얼룩인 구름들

꽃

급기야 우리는 입에 풀칠할 좋은 방법을 찾았다
그것은 다름 아닌 자신의 입에 거미줄을 치는 것
입속에는 봉인을 떼지 않은 많은 밤들이 남아 있었기에
우리는 이 미심쩍은 입구에 빛으로 그린 부적을 겹쳐 걸어두었다

어린 날것들 문 앞을 지날 때마다 혼잣말처럼
새로 생긴 홈이야 물결무늬 봐,
얕은 소리 깊은 소리 더 깊은 소리
십중팔구 연못의 먹이가 되어주었다

그렇게 물오른 가지에서 뛰쳐나온 식탐, 식탁 없는 흡반들
공기의 질긴 살갗으로 소용돌이치며 건너가는

달감옥
—월식

달 보러 가, 개수대 수납장에 얹혀살던 달
얼어붙은 밤의 현관
달의 면회실로

이런 날 실은 달의 얼굴 더 깊이 닫히고
만년직 교도관이 불침번을 선다는 소식
몇 닢의 은화와 쪽편지 대신
까마귀 그림 풍선달을 안고 간다

달의 탈옥을 기다린다
조금씩 저를 게워
물처럼 풀어주나 사슬 묶인 달
그가 게운 얼룩 풍경이 우리를 통과할 때
이 얼굴
불면이 노숙하던 외창? 파도 발굽을 삼킨
이 얼굴 모래톱? 누렇게
들키는 마늘밭?
반광의 그림자필름 집어 가면을 만든다

내가 쓰던 창문들 모자처럼 해져 벽에 걸렸으니
밤의 식당 빈 의자 위로
달비듬 떨어져 깔리는 달냄새,
어둠물감 두껍게 발린 미궁의 수로인 몸
언제 다 빠져나왔니
검은 달

울타리

얼룩말의 검은 무늬와 흰 무늬 사이에서 바람이 생겨난다지
피아노의 흰건반과 검은건반 사이에서 풀들이 자란다지

혓바닥을 쟁기 삼아 말밭을 갈던 연인들이 가시나무를 심는다
서로의 귓속에 흉터 속에 심는다

초원을 벗어난 얼룩말이 가시나무를 버리고 맛있는 가시잎도 버리고
내 검은 가로줄무늬 티셔츠의 주름 안으로 뛰어들어온다

술래와 숨은 이가 자리를 바꾸고
심드렁해진 연인들은 다시, 제가 그린 그림의 새장에 갇혀 날개를 퍼덕인다
그들은 흩어진 허공의 새 발자국을 그러모아 세어

보고 또 세어본다

가시나무처럼 마디 많은 계절 대신 나는 소심한 얼룩말이나 꺼내 초원으로 돌려줄까 생각 중이다
유리컵 물그림자가 상 위에 말갛게 샘을 파는 사이
상사병 걸린 바람이 가뿐, 피아노 건반을 딛고 장미 울타리를 뛰어넘는다

생일

어서 오세요 어머니 오늘이에요
나 지금, 당신이 말한 그 끔찍한 나이에 닿았어요
습관처럼 놓인 생일상을 보세요 아름다운 붉은 상보 좀 보세요

드세요 어머니 하고많은 날의
불어 터진 장수면발을 드세요
무지개떡 쑥개떡 장미화전 드세요
벽사진경의 이 수수팥경단은 꼭꼭 씹어 드세요
앞접시 뒷접시의 케이크 조각도 드시고요
노래가 시들기 전 미역줄기가 식기 전, 양초의 작은 불꽃 후── 불어 꺼드릴게요

드시고도 헛것처럼 그대로인 시장기로는
나를 드세요 내 화분의
미뢰가 사라진 혓바닥 선인장을 드세요
이 귓바퀴와 오돌뼈를 드세요 휘파람 마파람 소리까지 잊지 말고 드셔주세요

역산(逆産)의 산고 넘어 새파랗게 나 낳아주신 어린 어머니
주름 많은 되새김 위장 속 내가 삼킨 천사와 악마의 수컷들까지
이물 없이 드셔주세요

드시고
밝은 날 밝은 시 골라
다시 날, 낳아주세요 어머니

달팽이
—「Let me in」

계단이 담쟁이처럼 외벽을 감아 오르는 집
피맛을 풍기는 녹슨 철근 계단 아래 막다른 그 방이 있다
더 잘 보이는 꿈을 위해 안경을 쓰고 잠드는 어린 어둠이 있다

그때 네 꿈속에서는 무슨 일이 있었는지
눈 덮인 관목 숲에서 환영처럼 걸어나온 너는 살아도 살아도 열두 살,
양파처럼 가득 어제의 껍질이기만 한 오늘이 있다

우리가 기다리는 기차는 세상에서 가장 먼 곳으로 데려다줄 기차
창문에는 머리 위로 둥글게 마음을 그려 보이던 네 긴 팔과
어느새 기다림의 일부가 돼버린 나무 그림자가 있다

아주 멀리 간다는 그 기차를 타고

햇빛을 태양의 속눈썹이라 부르는 낯선 마을을 지난다
웅크려 가방 안에 숨은 네가 툭 가방을 치며 허기 지친 소리로 물어온다
손 시리고 발 시린 겨울이야, 그만 들어가도 되니 가만?

호랑이를 찾아서

호랑이 굴로 들어간 적이 있네
굴 안에 호랑이는 없고 호랑이 가면만 여럿이었어
녹슨 양철가면 유리가면 검은 벨벳가면
발견되기를 기다리는 섬처럼
드문드문한 구월 정원 장미처럼
가면들
가지 않고 있었어

불은 없었어 그 눈 속에
입속에
화려한 송곳니
혓바닥
남아 있지 않았어

그때 내가 집어 쓴 얼굴 껍질이 내 얼굴에서 떨어지지 않아 나 짐승처럼
어두워졌을 뿐이야
가면 뒤에서

훌쩍훌쩍 짓물러
균과 곰팡이의 집이 된 내 얼굴

가면들이 지키는 가면의 땅
얼굴을 벗어던진 맹수가 살았는지 사는지
살 썩는 악취 독한 동굴이었어

회전 찻잔

숨어 놀기 좋은 방이다 마시기 좋은 햇빛이다
우리는 어느새 찻잔, 찻잔 안에서 길을 잃는다
다만 한 잔으로 계량되는 낱몸들

하나의 잔을 갖는 건 하나의 영토를 가진다는 것?
쉼 없는 노랫소리 퍼내며
햇빛 환한 공원엔 달의 턴테이블이 돌고

원심분리기 속의 물체처럼 너는 무겁거나 가벼운
몇 개의 너로 나뉘며 멀미
맨 바깥쪽은 물론 구름과 몸 바꾼 거품이리
빵처럼 부풀어 잔 밖으로 넘친다 증발한다
태풍의 눈처럼 퀭한 공기 소용돌이만 남는다

찻잔 가득 골목
술잔 가득 모래……
우리는 우리가 깨뜨려먹은 몇 개의 잔을 토한다
뒤집힌 치마 같은 술잔

잔이 돈다 풍경이 둥글어진다 우리는 끝내 둥글어지지 않는다

뿌리라도 내리시나 화초도 아닌 너, 뚜껑 없는 그곳을 빠져나오지 못한다

잔 밖에다 물끄러미 저를 세워둔 채

커튼나라

커튼 골짜기에는 바람으로 수태한 새들과 서둘러 꽃피우고 열매 맺어치우는 날염 식물들이 있습니다

커튼 너머 거리에는 눈알 대롱대롱 물방울아이들이 있습니다

그 애들 모두 어떻게 물방울어른들이 되었나요 어른으로 사라지는

어른어른 희미한 길이 있습니까

배냇저고리인 어둠을 입고

세상은 대낮에도 쥐 죽은 듯 잠잠합니다

볕 든 쥐구멍에는

밤송이머리 치한 대신 동전으로 복권을 긁는 애인이 삽니다

투전으로 밤새운 쭉정이 눈꺼풀들이 있습니다

…………………………

꽉 찼거나 텅 빈 객석으로 쏟아지는 박수 소리, 커튼콜의 순간입니다

커튼 밖에 갇혀 잠든 관객들이 있습니다

표절

그는 백 년 동안이나 그의 얼굴을 덮고 있던 흰 종이를 아무도 모르게 뜯어냈다
종이가 베껴 가버린 빈 얼굴을 들고 새 붓질 시작하는 그
향기를 편애하는 뭉툭한 작은 코를 놓아두고
습자지 두께의 웃음이 있던 자리에 단무지빛 노랑을 염색한다
안경알이 가져간 우멍한 눈에 생기를 채워 넣는다
종이가 알지 못하는 낯선 상처라면 머리칼로 쓱쓱 가려주는
안경 너머 그의 표정은 축축하고 기름지다
그가 떼내버린 종잇장이 곧 뒤통수로 가 달라붙어
함구하는 그를 대신해 웃고 노래까지 부르니, 뒷면 없는 거울 같던 그에게도 이면이 생긴 것이리

제3부

야성

삶이 한 마리 짐승처럼 네 몸에 갇혀 울부짖는다
삶이 회돌이를 지난 강물처럼 네 몸의 바다를 향해 줄달음친다
고삐 놓친 계절이 바람채찍을 휘두르며 황혼과 안개의 거리를 가로지르고
내일을 알지 못하는 열망은 여자의 몸을 빌려 수태하지도 않은 아이 이름을 짓게 한다
겨울은 잠시 너의 짐승이 잠드는 시간,
너는 새를 기다리던 골짜기 벼랑 위에
쓰러진 나무의 초록 심장을 꺼내 묻어두고
깊은 데서 울리는 어둡고 비밀스런 목소리를 듣는다
키 작은 밤나무 숲길 아래로 옥수수 하모니카를 불던 인디언 소녀가 걸어간다
너는 아무 곳에도 없는 낯선 짐승
눈과 북풍의 산맥을 넘어 나날의 전장으로 가는 사냥꾼이다

나비선글라스

낯선 대륙을 향해 간다는 그의 배가 한동안 이 창가에 정박해 있었다
나는 그의 숨은 항로를 훔쳐보기 위해 자주 그 배의 갑판 위를 서성거렸다
두꺼운 유리창으로 들여다본 그의 방 탁자 위에는
풍경과 인물이 뒤섞인 퍼즐 상자와 항해일지가 낡은 지구의 옆에 비스듬히 놓여 있었다
벽면의 낮은 선반에는 갖가지 빛깔의 술병들이 있었고
뱃머리에는 아직 오지 않은 날의 난바다가 실려 있었다
등을 보이며 서 있는 그의 몸에서 비릿한 도심의 숲냄새가 번져나는 듯도 했다
어깨 높이를 떠도는 바다제비와 몇몇 구름 같은 섬들도 보였지만
어느 것도 분명하진 않았다
나는 그 배를 구석구석 찬찬히 살펴보지 못했으나
그의 출항은 소리 소문 없이 이루어졌다

한 해 이른 아침, 정글 가운데 솟은 산꼭대기에서 햇빛을 쬐며 구름에 비친 제 몸의 그늘을 보고 있다는 그의 소문을 들었다

장물(贓物)

그가 식용 구름 한 상자를 보내왔다
밤의 머리맡에 놓인 물그릇의 습기를 훔쳐 먹으며
살아 있는 나무사다리 난간에 달려 자란다네
이것 흔히 양식 불가라 알려진 생물

이것은 종종
그루턱에 핀 송곳니버섯
부스럼투성이 진주패
무한 시효 백지 위임서 등속의
대용물

(십 년 전 그와 나는 극지의 만년설을 공동구입, 보관법에 관해 설전을 벌인 적이 있다
상해버린 만년은 결국 저기 사철나무 아래 쏟아졌고
젖지도 구겨지지도 않은 포장지는 쪼개진 솔로몬의 식탁보로)

이 구름에서 제일 맛있는 부위는 탄력 주름 풍부한

바깥잎으로 알려져 있다
이것의 급소는 이번에도
음악 아닐까, 하고
한입 베어 물기부터 했을 거다 그는
떫고 딱딱해, 늙은 종교 맛이야

반송 불가 그의 구름이 울타리 앞에 있다
은연중 누구나 저걸 베어 물었을 테지
독을 품었을지 모른다는 의심 그것이 독기일 테지
구름은 무수한 숨은 이빨 자국과 알게 모르게 번진
핏물 얼룩을 가져
생기 있는 표정이다
어떤 구름도 문 적 없는 분홍 잇몸처럼

매직블록

누가 이 골목을 지나간다
크고 딱딱한 지우개인 바람수레를 끌고 간다
만물 상자를 밀며 간다
녹슨 바리케이드를 넘어뜨리며
호륵호륵 호루라기를 불며 간다

노이즈 한 점 없는 이 화면 앞에서는 이상하게 목이 마르다
잘 닦은 살갗 위에 그가 돋보기를 들이댄다
뚜껑 열린 장독마다 담홍색 핏물이 솟는다

딸아이가 쓰던 작은 요 위에서 잠이 든 밤
덩그러니 잠의 스크린 밖으로 쫓겨난 내 기다란 팔다리는
발목이나 손목쯤에서 잘려 나간 꿈의 수족들은
손목 시린 짐승
발목 시린 들새
해종일 빈 눈밭을 헤매다 지쳐 돌아온다

누가 핏물 얼어붙은 요강을 장독대에 두었나

춘천

호수는 보지 못했습니다 그 호수 더 이상 흘러가기를 거부한 호수인 듯 안개 상자 안에 혼자 잠들어 있다 들었습니다 스스로 잠 깰 때까지 우리들 누구도 저녁잠 많은 그를 안개 상자에서 불러낼 수 없다 들었습니다

당신이 안부 전하라던 그 처녀도 만나지 못했습니다 처녀는 노래비 파란 버튼 앞에서만 열여덟 딸기 같은 옛 입술의 처녀인가 싶었습니다

그렇다 해도 밤 운동 중인 여인들 몇 종종걸음 옛 처녀 근처를 종으로 지날 때 멀리 안개 상자 속에서 횡으로 번져 흐르는 호수를 상상해보는 일은 즐거웠습니다 우리가 열리지 않는 밤 열 시의 열쇠를 짤랑거리며 도시 밖으로 나가는 길을 짚어보고 있었듯 그때 호수도 뭔가를 열려 애쓰고 있었음이 틀림없으니까요

그 밤 우리는 당신의 옛 처녀 대신 교각처럼 실한 건각의 낯선 처녀를 보았습니다 그 처녀 쏘가리 튀는

늦여름 밤을 혼자 도강 중이었으니 뒤돌아 우리에게
손 흔들어주지는 않았습니다

잠 깊은 그 상자에서 누가 물소리도 없이 호수를
밤 밖으로 안아다 놨을까요 어렵사리 길 찾아 그곳을
빠져나왔을 때, 불빛에 쓸린 처녀 옷고름 조금 우리
손에 안개로 남아 있었습니다

기차

나는 바다로 가고 싶어 바다로 가 다른 파도와 만나고 싶어
물의 창(窓) 물의 바퀴로 갈아타고 미역 숲 산호숲, 산란하는 어족들을 승객으로 맞고 싶어
아닌 듯 천천히 물의 속도로 달리고 싶어 달라지고 싶어

기차는 그렇게 산으로 갔나 산기슭 밝은 풀밭으로 가
녹슨 빨강 지붕, 갈 데 없는 기차 카페로 멈춰 섰나

우리는 이 기차의 우연한 승객
거미줄 커튼 옆좌석에다 비폭력 투전당(投錢黨)의 본거지나 차리자 퉁, 퉁, 현판을 달아줄까
혁명과 낭만은 등판 붙은 짝패라고, 흑싸리 참싸리 화투패를 차표 대신 던져줄까

우리는 이 기차의 어긋난 승객

네가 놓친 열차는 기적도 없이 대륙을 질러 눈 오는 부동항으로 달아나버렸다고

설화

그러고 보니 그이의 빈손을 본 적이 없습니다
익은 출근 가방과 함께 여자의 손에는 늘
고만고만한 비닐봉투가 살붙이처럼 달려 있었지요
오종종 늘어진 그것들이야말로
여자의 얇은 몸을 뜨지 못하게 잡아당겨주는 견인추나 아닐지요
이 저녁에도 그것들에 팔을 다 내준 그이를
골바람 스산한 아파트 뒷동, 하늘두레박 같은 엘리베이터 앞에서 만납니다
그이에게도 장롱 깊이 묵혀둔 날개옷 한 벌 있을 테지요

공벽

소리를 굳혀 소리벽돌을 쌓는다 쌓을수록 모자라는 말들, 자꾸만 남아도는 소음들, 그림자 지는 쪽으로 쓰러지는 웃음과 울음 들의 도미노

절름대는 소리와 벽돌 벽돌과 소리 사이에 소리를 저며 만든 흡음 타일을 끼워 넣는다 소리가 닫힌다 눌리고 접히며 애도도 없이 지워지는 소리의 뒷면, 남는 표정들

창 없는 소리의 외벽을 타고 청가시덩굴 담쟁이가 반군처럼 증식한다 어떤 세계는 무성하게 고립한다 그렇게 봉인된다

벽돌 속의 입 없는 소리벌레가 조금씩 안을 파먹으며 몸을 키운다 탈바꿈 중인 벌레의 어둠이 날개를 달 때 소리와 허공의 자리바꿈이 끝난다 차갑고 얇은 내식성의 고요,

이 고요의 내부를 수맥처럼 뚫고 가는 수직사막의 뿌리

색안경

유리창은 접착력을 잃었다
풍경을 먹고 살지 않는다
풍경은 더 이상 너에게서 나에게로 흐르지 않는다
햇빛에 덴 이파리 한 장의 얼굴만 남아 가장자리부터 들뜨며 오그라들고 있을 뿐
창 안팎의 이야기들 밀반죽처럼 촉촉하게 숨 부풀어 오르지 않는다 날개 돋지 않는다

유리창에 비 듣는다
(밥알을 밀어내는 혓바닥처럼 유리창이 퉤퉤 풍경을 뱉어낸다)
비의 타액에 젖은 풍경이 잠시 유리에 매달릴 때
지워지는 세계의 목덜미 위로 느릿느릿 민달팽이 기어간다
펄럭이며 일그러지는 얼굴

미끄러져 내리는 눈길 위로 붙임성 없는 계절이 연탄재와 소금 모래를 뿌리며 간다

거리의 청소부가 죽은 풍경을 거두어 가고
고여 있던 남은 목소리들 내 눈동자의 홈통을 지나
하수에 섞인다
얼굴이 사라지고
나는 풍경 밖으로 고립된다

우후죽순 다른 것들이 살려 온다

엽서 속의 계절

이곳에서 시간의 생태는 악어의 성별처럼 단순하다. 꽃밭에서는 꽃의 체온을 음악에서는 노래의 체온을 물가에서는 재빨리 모래의 체온을 따라간다. 그것이 시간의 부화 조건.

천변지변 시간나라 모래밭에는 지금도 알에서 갓 깬 새끼들을 입에 담아 강물로 옮기는 어미 악어의 긴한 몸짓. 악어들만이 아는 악어의 짧은 침례. 이 최초의 의식을 물밑에 닫아둔 채 어린 시간은 하루 또 하루를 삼키며 기억이란 이름표를 얻는다. 풍경의 포식자로 자란다. 세포와 세포 사이를 흘러다니는 풍경들.

그때쯤 마음은 커다란 어미 코끼리처럼 두꺼워진 풍경의 살과 뼈를 피부 아래 감춘 채 회갈색 코를 들고 건기와 우기의 늪을 지난다. 머나먼 초지로 간다. 이것이 내가 배운 시간의 생존법.

나의 기억은 코끼리처럼 기다란 근육질의 코를 가졌다.

계곡 사이 공중다리처럼 걸친 그 길을 타고 이곳으로 건너오면 안 되나, 너.

이 도시 빌딩 옥상에는 낯선 해바라기밭이 있어서 햇빛을 달여 꿀을 만드는 청년이 산다는데.

나와 함께 그의 미소를 꿀벌들의 춤을 만나러 가도 좋을 텐데.

우리는 악어에서 출발한 코끼리와 함께 이곳의 강을 따라 다른 숲으로 가는 배를 타고 흘러도 좋을 텐데.

당나귀모자

1

나귀처럼 귀 달린 바구니, 팔려가는 나귀처럼 꺼벙한, 나귀모자를 닮은 내 옷 바구니
내 옷 바구니에는 나귀를 뒤집어쓴 목마른 모자가 사네 돌원숭이의 명랑한 취한 입술로 목을 축이는 예의 바른 소심한 모자

2

내가 만일 나귀모자를 탐하는 모자 도둑이라면 제일 먼저 네 옷 바구니에서 나귀를 비우겠네
다정한 무릎 담요와 파도 무늬 바이킹 셔츠를 가진, 어제 산 색동 지갑을 잃어버린, 죽은 경전 위에 미사포를 덮어둔
기도를 모르고 잠F. Jammes아저씨를 모르는 잠고픈 나귀

발이 폭폭 빠지는 옷 바구니 속에서 아웅아웅 혼자 우는 겁 많은 나귀나귀 당나귀를

그 쓸쓸함에는 가시가 있다

그가 쓸쓸해할 때마다 그이는 한 다발씩 장미를 그에게 선물했다
쓸쓸해,라고 말하는 그의 음색에 맞춰 어떤 날은 푸른 장미를
또 어떤 날은 진홍빛 미니 장미를

쓸쓸함을 흘릴 때마다 한 아름 색다른 장미를 품에 안기는 세심한 그이 덕분에
어느덧 장미의 가짓수만큼 많은 쓸쓸함을 가지게 된 그
그렇게 그의 쓸쓸함은 그이가 정하는 장미 따라 빨갛거나 노랗게 색이 덧입혀지곤 했다
단지 장미가 갖고 싶을 뿐인 쓸쓸하지 않은 날에도 그는 곧잘 쓸쓸함을 가장할 줄도 알게 되었다

지금 그가 기다리는 것이 장미인지 그인지 쓸쓸함인지
그의 안에 버석대는 것이 마른 장미꽃잎인지 쓸쓸

함의 낮은 발소린지

그것이 그것 같아 끝없는 그의 장미천국 이야기

추문

안을 뒤집어 보인 적 없어 깊어진 병,
병으로 들어가는 입구는 꽃으로 막혀 있습니다
여느 것과 다를 바 없어 보이는 꽃입니다
외발로 먼산바라기하는 꽃이거나
병 속의 물 끌어올리느라 안간힘, 핏발 서고 혀가 부리보다 딱딱하게 굳어버린 꽃이거나

취향을 갈아치우는 창가에 늪으로 앉아
우리는 아작아작 꽃 먹어치우는 병 두고 차 마시지요
씨앗과 벌레와 빵 부스러기 식탁을 버리고 냅킨구름에 부리 닦으며 가는
창 너머 새들의 식욕을 간섭하지요
악취 달큰한 공기 편식자—검은 파리 떼 날개미나 당신—모두 이 병의 슬하니까요
이심전심 근친의 꽃가지 얽어 은밀해지는 우리
오늘도 아름다울 테니까요
병은 여태 물 한 번 간 적 없는 병, 꽃병이랍니다

제4부

별

만일 네가 혼기 꽉 찬 아가씨라면

네 집 담장 위에다 꽃 핀 화분 대신 유리 항아리를 올려놔주렴

행인들 중 몇은 이날을 기다려 찾아온 젊은이,

그중 발 빠른 손이 항아리를 집어 던져 깨뜨릴 테니

깨진 유리 조각을 밟고 혼례의 승낙을 구하려 네 집 대문을 두드릴 테니

분수

1

물(物)이 죽어요 죽음이 죽어요

떨어지는 목을 낭떠러지처럼 껴안고 저의 형식 안으로 침몰하는 종교처럼, 거듭 죽어요

사라지는 물의 목에서 솟구치는 생생한 흐린 피,

어떤 죽음은 몰아치는 격한 소용돌이를 감추고 있어서 죽으면서 동시에 폭발해요

물의 목마른 식탁 위에 우리가 차리는 물의 성찬,

목 없는 물의 어깨에서 숲이 자라요 자라 넘쳐흘러요

물 밖으로 밖으로

2

그는 날마다 저를 죽여온 자, 그의 암실은 그가 죽인 시신들로 시들지 않는 유령의 샘이 되었으리

죽이다 죽이다 더 이상 버팅길 수 없게 된 피곤이 울음 없이 저를 헐어 내버릴 때, 자기살해를 멈춘 그가 그 몸에 둘러친 중력밧줄을 풀고 물 울타리 밖으로 지팡이 없이 나와 앉을 때

사람들은 새가 앉아 있던 그의 빈 어깨만을 기억하리

외로워지려 사랑 속으로 나가는 이가 있듯 어두워지려 빛 속으로 걸어 들어가는 이도 있으리

우주 스페셜

톨게이트 동전 바구니에 던져 넣은 금요일의 별똥별 대신 눈밭에 묻어둔 사탕을 드릴게요
팔려 가는 마네킹 눈 속의 검은 꿀점 대신 꾸물대는 애벌레 가짜 눈을 주세요
네거리에서 헤어진 노랑 거품 대신 물결에 뜨는 유리병 스캔들을 주세요 환류 따라 떠도는 큰 바다 플라스틱 섬을 드릴게요
창문마다 싹트는 비명 머리 위에 멈춘 돌팔매 종이컵에 남은 커피 향을 드릴게요
저 별들 공중에 달려 사는 석연치 않은 이유, 나 알지 못하니

거꾸로별 꽁무니별 플랑크톤처럼 떠도는 별의 심해
기록 없는 별들의 출생증명서 나 읽지 못하니
별이 별을 먹는 일, 마음의 외계로 띄운 착륙 불가능의 우주선 알지 못하니
내 가진 한 점의 영원, 얼어붙어 별이 된 냉동우주 드릴게요

물에 뜨는 별 물에 녹는 별 이 손바닥에 얹힌 일 캐럿 얼음별을

희망 정책

현재형 미래자판기가 후미진 이 골목까지 왔습니다
환영이고말고요 빙고!
입가심하듯 가볍게 그것을 즐길 수 있게 생겼으니

현재 그것보다 솔깃한 건 그것을 담는 일회 용기들입니다
썩지 않는다는 것
……불멸의 자명한 뒤태, 그 매혹
내일 왠지 이 골목이 아름다워진다면 그건 이 일회 용기 덕분이라는 말이기도 합니다

그러니 쓰고 남은 빈 용기 당장 재떨이로 쓰겠습니다
타구(唾具)로 다시 쓰겠습니다
속 보인다는 흔한 조롱을 무릅쓴다면 갓 뽑은 피 묻은 손발톱이라도 담아 던지겠습니다
내친김에 재를 쓸어 담아 모종 화분으로 쓸 수도 있겠습니다
그럴싸하지 않은지요

머리맡 창턱 구겨진 죽지 않는 용기에서
나붓대는 돌미나리 싹 같은 그것의 입김, 아침마다

구두 화분

구두는 젖은 꽃들이 언 발로 걸어 들어가는 고해소가 아닌데
어느새 꽃에게 아랫목을 건네준 저이, 언 맨발 벗어 들고 말없이 가네
구두는 떨어진 꽃말 짓물러 풍기는 악취 가득한 백년 묵은 헌 화분
미처 도착하지 못한 시린 발들이 남아 있네
바람은 언제 구두코에 닿나, 냄새로 지름길을 찾는 꽃들
공기에 곁발을 내주며 티눈의 발가락 뽑아 거리에 던지며 구두 밖으로 달아나네
향기는 언제 꽃바닥에 닿나, 이 길목 꽃으로 가는 복도가 아니야
꽃 밖으로 달아나는 꽃들
시든 구둣발 아래 붉고 푸른 시즙으로 구두점을 찍으며

철사천사

주말 오후 백화점 앞은 약속들로 붐빈다 약속이 되지 못한 지난겨울 외발바닥들 고치 같은 발자국 속에서 뛰어오르려 파들거린다

떠도는 발자국들 주워 목걸이를 만드시나 유리 진열장 안의 디스플레이어 아가씨, 바람의 허전한 목에 감아주려 하시나

모형 나뭇가지에는 거꾸로 매달린 철사날개의 천사들, 먼지 낀 안경 바꿔 쓸 틈 없이 꽃 핀 가지를 떠나 또 다른 봄으로 추락 중이네

구구소한도를 빌리다

겨울 동안 그 매화가족은 굳은 붓끝에 물감을 찍어 일수 찍듯 하루 한 꽃씩, 아홉 꽃을 아홉 번 피워두고 다음 계절로 이사갔다

아닌 봄날, 나는 그들이 버린 그림을 주워 거울 위에 붙이고 그림 속의 나무를 따라간다

꽃이 지는 길을 찾아 가지 끝까지 걸어가볼 참이다

거울 속의 마당은 겨울

나는 찬 꽃자리에 붓 대신 맨발을 얹는다

흐린 날은 윗가지의 꽃, 맑은 날은 아래쪽 가지의 꽃이다

바람 부는 날은 왼쪽 가지의 꽃을 안개가 오는 날은 오른쪽 가지의 꽃을 딛고 다음 가지로 건너간다

눈이 오는 날은 가운데 가지의 꽃을 지난다

이따금 비의 긴 혀가 허공을 건너와 남은 꽃을 따먹는구나

폭우에 오히려 고요해지는 숲처럼 나는 마당가에 앉았다

눈 뜨면 밤이 되고 눈 감으면 낮이 되는 나라의 이야기책을 태운다
마지막 꽃잎에 닿아서야 봄날의 이별까지가 그 나라 땅이라는 걸 수긍한다

나는 피우지 않은 꽃들과 완성되지 않은 순간을 묻어두었다
그 땅에서 남은 노래를 캐내려면 악기 대신 작은 발굴 망치를 들고 가야 하리라
물오른 하늘에는 무릎과 발가락을 구부리고 걷는 새들의 둥지
길을 가다 문득 나무 그늘에 몸을 감춘 향기를 만난다
오래 잠가둔 수도꼭지에서 붉은 물이 쏟아진 날이다

파랑새

그가 맡기고 간 것은 사건의 나무라는 표찰이 붙은 커다란 사기 화분.
나의 직업은 그것을 잘 돌보는 것
화분 둘레에는 미궁처럼 얽힌 그 나무의 가지에서 잘라낸
손가락만 한 삽목용 잔가지들도 몇 꽂혀 있었다
나무의 그중 볼품없는 가지에는 새가 앉아 있었다
(혀 잘린 벙어리 새였다) 새는
그러나 그 나무에 온전히 깃들지 않고
눅은 마음자리인 듯 공중의 그늘을 딛고 쪽창처럼 파랗게 앉았다 날아가곤 했다

그동안 그는
몇 장의 사진으로 나에게 다음 일감을 알려왔다
사진에는 내가 맡아 키워야 할, 줄기와 가지를 혀접 붙인 또 다른 사건나무가 있었다
그는 한 번도 내게 그가 맡긴 새의 안부를 물은 적이 없다

사진 속의 그는 늘 나무의 건너편, 화각 바깥에 숨어 있어서

그의 새는 혀보다 발바닥이 더 시렸을 것이다

너에게는 충분한 햇빛과 공기가 필요해, 상한 혀끝에서도 새 눈이 틀 거야,

말끝에 나는 화분을 양지로 옮겼다 그늘과 함께

새는 그렇게 시야에서 사라져버렸다

사바나 뷰티숍

손톱이 나사뿔처럼 자라버렸네
손끝이 재촉한 뾰족한 응답

꽃보다 해몽이 환한 철이니 일처럼 나 그곳으로 가야지
덤불진 수풀머리와 거꾸로 자란 바오밥나무 흉내 팔다리
개인 날 코끼리 걸음 그대로

가서는 코끼리 눈썹 사이, 비의 검고 두꺼운 속눈썹 몇 올부터 뽑아 갖겠다 해야지
아마도 그건 행운의 터럭
야생 구름 떼나 우레의 목덜미 물어뜯는 붉은 부리 바람을 봐야지
구름 뒤쪽까지 날아가는 독수리 발톱을 훔쳤으면 좋겠어 거긴 어떤 무늬 그림을 그려줘야 하나

꼼짝없이 팔 벌리고 서서 나무를 흉내 내는, 앵무

의 노래를 모으고 있는 회색앵무 마을 그이를 가만히 지나쳐 가야지

건기와 우기를 번갈아 사는 나는 짐승이 열리는 숲

열 손톱에 옮겨 앉은 밤의 맹수들 데리고 길들여지지 않는 사육의 땅 그곳으로 가야지

가서, 벌집을 매단 나무처럼 붕붕 꽃피는 것들로 배불러질 때까지 정말

제왕나비

나비 날개에 얹어두기엔 제왕이라는 이름 턱없이 무거워. 날개 부딪치며 찢어지며 들고 가는 들판 우편함 모두 제왕의 땅이라 해야 하나. 젤리처럼 말랑거리며 가는 영혼이라는 종(種)의 애벌레를 보았다 해야 하나. 죽은 이들의 마른 입김 그에 깃들어 오고 있나. 왕홀 같은 더듬이로 지붕의 경사면을 짚으며 두드리며 오고 있나

날개에서 날개로 목숨을 세습하는 이 이상한 회귀는 끝없는 길 떠남의 다른 표정일지 몰라. 영혼이니 제왕이니 알 리 없는 그는 사막의 모래시계가 살아 있는 동안 초록잎 지도에 알 슬어놓고 난다. 떠난다. 낯선 바다를 펼쳐 들고 침대와 묘지 사이 크레바스를 건너, 다만 날아간다

트라이앵글

그러니 우리들의 안부는 이것으로 끝이 아닙니다
우리는 약속 밖의 것들에 마음을 더 준 이들이라서

열대의 붉은 흙으로 만든 그릇을 흰 눈으로 가득 채우거나
확인되지 않은 복음서를 찾아 새벽 밀렵꾼처럼 낡은 항아리 속으로 스미기도 했습니다
밤낮이 다른 기후를 가진 문명의 사구를 지나는 동안에도
우리가 깨뜨린 항아리 조각에서는 강이 태어나고 다시 마을이 태어나 숲을 키웠지요

헤엄을 익힌 알몸의 여자애들은 오늘도
항아리를 만들기 위해 강바닥으로 진흙을 긁어모으러 갑니다
약하게 낮게 종일을 두고 내리는 그 마을의 비는
빗물받이나 눈물받이라 불러도 좋을 주름들을 타고
아직 빚어지지 않은 소녀들의 항아리로 흘러들고요

구리낙타

그때 물가에서 사슴에게 빌려준 뿔을 그는 돌려받지 못했다
물밑에 가라앉은 구리공 같은 해를 따라 엉겅퀴꽃 그늘을 걸어서 이곳으로 왔다
누가 뿔의 행방을 물으면 그는 등에 얹힌 혹 하나를 떼어준다

신기루처럼 흩어지는 그의 눈빛은 거리로 흘러들지만 아무도 그를 사 가지 않는다 우리는 발밑에 널린 그의 배설물과 초식의 울음만을 주워 온다
밤이 되면 우리는 그의 마른 똥을 화기에 담아 불을 지핀다
거죽이 벗겨진 그의 등을 밟고 이 지하 도시의 담을 넘어 바다보다 낮은 섬으로 간다

|해설|

고요의 이빨

장 석 원

1

시에서 조화와 균형을 말하기 전에 우리가 먼저 생각해야 하는 것이 있다. 무엇과 무엇의 조화와 균형을 말하는 것인가에 대한 질문이다. 조화와 균형의 대상은 대부분 서로 상반된다. 조화와 균형은 긍정적인 의미로 사용되는 경우가 많다는 뜻이다. 문제는 그 '무엇과 무엇'이다. 시에서 조화와 균형의 대상은 무엇일까. 내용과 형식, 이미지와 리듬, 외면과 내면, 리얼리즘과 모더니즘…… 그리고 그 밖의 것들, '등등'들. 서로 대립되는 것들. 우리는 마땅히 이러한 대상들의 조화와 균형을 권고한다. 그러한 상태가 좋은 것이기 때문이다. 왜 조화를 이루어야 하는가. 반드시 균형을 맞춰야 하는가. 이런 질문은 바람직하지 않다.

그런데 조화와 균형의 대상이 구체성과 전체성이라면, 감각과 형이상학이라면 어떠할까. 인간과 세계, 주체와 객체, 부분과 전체, 이성과 감성이라면? 또한 개인과 사회·역사라면? 둘 중 어느 하나를 버릴 수 없으므로, 모두 중요하므로, 어느 하나로 인해 다른 하나를 배제할 수 없으므로, 원래 둘은 하나의 진리를 구성하는 서로 다른 한몸의 양면이므로 '마땅히' 그리고 '당연히' 조화와 균형을 필연적으로 요구한다고 말하기는 쉽다. 우리가 주시해야 할 것은 '마땅히'와 '당연히'다. 우리는 '왜?'를 질문해야 한다. 조화와 균형은 올바른 것으로, 지향해야 할 바로 위장되고 있는 듯하다. 옳은 것이 선험적으로 결정되어 있는 것이다. 다른 둘이 조화와 균형을 이루어, 새로운 하나가 되어, 서로를 지양Aufhebung함으로써 더 높은 단계로 상승할 것이며, 이러한 운동의 궁극에는 진리! 우리는 언제나 앞으로 앞으로! 그 진리는 신적인 것. 필연적으로 역사는 그렇게 될 것이다! 옳은 것이 선험적으로 노정된 이러한 조화와 균형 상태를 시가 추구해야 하는 것인가. 조금 더 나아가보자. 시는 과연 진리 탐구 기능을 갖고 있는가. 구체성과 전체성이 '구체적 전체성'처럼 균형과 조화로 용접될 수 있는 것인가.

2

어느 것을 선택해야 하는가. 주체의 선택 의지는 중요한 것 같지 않다. 선택이 강요되는 경우, 양자택일의 순간, 어느 것도 선택하지 않는 방법도 있기는 하다. (1번을 찍을 것인가, 2번을 찍을 것인가. 기권하자.) 하지만 선택의 대상이 구체성과 전체성이라면 상황이 달라진다. 시는 구체성과 전체성 중에서 어느 것을 선택해야 하는가. 시의 구체성과 전체성은 도대체 무엇이란 말인가. 양자 중 하나를 선택할 수 없으니 균형과 조화가 반드시 필요하다고 말해야 하는가?

류인서의 시는 구체성으로 질주한다. 류인서의 시는 풍요롭다. 감각의 질료가 많고, 표현된 형상이 깊다. 류인서의 시는 육체라는 근원에서 추출되는 체험과 기억으로 구성된다. 체험과 기억의 심연에서 부상하는 것은 사물에 대한, 그리고 세계에 대한 새로운 감각이다.

> 계단을 날개의 의태로 읽으려 한다
> 애초 이것은 육체라는 건물 안에 매복해 있었을 것이다
> 삐걱거림이 멈추는 자리, 어디선가 끝나는 계단과
> 불연속의 물결들

밤의 천사는

박쥐처럼 살의 갑옷을 끌어당겨 발가락을 감추고 손가락을 감추고

숲으로 갔나

비막—날개 끝에서 자라는 별의 발톱

돌의 어깻죽지에서 뛰쳐나온 새들이

깃을 파닥이며 경사진 벽면을 오른다

오를수록 멀어지는 낡은 원근법을 배운다

포개 누운 수평선 너머

계단의 홍근이 부푼다

계단은 사람의 골목을 지나 다른 해안으로 이어지고

벽이 끝나는 지점에서 쏟아지는 바다

바다를 뒤집어쓰고 박쥐처럼

거꾸로 매달려 잠드는 계단들 —「비행의 기원」 전문

시의 모티프는 박쥐다. 날 수 있는 포유류 박쥐 앞에 '계단'이 놓여 있다. 시인은 "계단을 날개의 의태로 읽으려"는 의도를 표명한다. 계단의 모양과 날개의 모양이 어떻게 비슷할 수 있겠는가. 그러니까 이 작품은 시의 첫 행에서 시의 정보 전체를 드러낸 셈이다. 시인의 선언적 진술 뒤에 "이것은 육체라는 건물 안에 매복해 있었"던 것으

로 밝혀진다. 육체가 계단처럼 내민 것이 날개다. 접은 날개를 한꺼번에 펼쳐 보인다. 아코디언의 접힌 주름처럼 계단이 펼쳐진다. 비행의 거처가 거기에 있었다. 이와 비슷하게 육체가 날개를, 건물은 계단을 내장하고 있었다. 계단 위에 선다. "삐걱거림이 멈추는 자리"에 도달한다. 계단은 "어디선가 끝나"기 마련이다. 계단의 끝은 마치 "불연속의 물결" 같다. 그렇다면 계단의 다른 이름인 날개는 어떠한가. "밤의 천사" "박쥐"는 "살의 갑옷을 끌어당겨 발가락을 감추고 손가락을 감추고" 있었다. 건물 속에 숨겨져 있던 계단처럼 박쥐의 육체 속에는 '계단 같은' 날개가 '매복'해 있었다. 박쥐의 날개는 새의 그것과 다르다. 박쥐의 날개라고 불리는 것은 "비막"이다. 2연 끝행에서 '비막'은 변화한다. 박쥐의 비막에는 "날개 끝에서 자라는 별의 발톱"이 달려 있다. 계단과 박쥐가 결합되었다. "돌의 어깻죽지에서 뛰쳐나온 새들이/깃을 파닥이며 경사진 벽면"으로 날아간다. 시인도 계단을 올라간다. "오를수록 멀어지는 낡은 원근법" 속으로 "포개 누운 수평선"이 진입한다. 수평선 안에서 "계단의 흉근"이 바다처럼 "부푼다". 세계의 계단은 원근을 무시하고, 계단은 서로 다른 공간을 초월하고, 관통하고, "벽이 끝나는 지점"에서 바다를 쏟아지게 한다. 바다가 계단처럼 쏟아진다. 쏟아지는 바다를 계단이 끌어안고 "거꾸로 매달려" 잠에 빠졌다. 계단과 박쥐가 천공에 매달려 있다. 시의 처음으로 돌아간다. 날개와 계단은 "육체라는 건물 안에 매복해 있"다. 원근을 장악하고 세계를 재배치하는 이 시의 끝 부분에서 날개와 계단이 어떻게 '비행의 기원'이 되는가를 생각해본다. 우리는 '쏟아져야' 한다. 계단 끝에서 저 세계로 뛰어내려야 한다. 추락하지는 않을 것이다. 육체에 매복한 계단 같은 날개가 우리를 수평선 너머로 데려갈 것이기 때문에.

세계의 재편성이라는 매혹의 기원이 보인다. 감각이 어디 한 시인의 전유물이겠냐마는, 류인서의 감각은 세계에 깊이를 부여한다는 점에서, 세계의 횡적 확대를 추구하는 많은 시인들의 감각과 비교된다는 점에서, 수직적 확장을 추구한다고 불러도 좋을 것이다.

유리창은 접착력을 잃었다
풍경을 먹고 살지 않는다
풍경은 더 이상 너에게서 나에게로 흐르지 않는다
햇빛에 덴 이파리 한 장의 얼굴만 남아 가장자리부터 들뜨며 오그라들고 있을 뿐
창 안팎의 이야기들 밀반죽처럼 촉촉하게 숨 부풀어 오르지 않는다 날개 돋지 않는다

유리창에 비 듣는다
(밥알을 밀어내는 혓바닥처럼 유리창이 퉤퉤 풍경을 뱉어낸다)

비의 타액에 젖은 풍경이 잠시 유리에 매달릴 때
지워지는 세계의 목덜미 위로 느릿느릿 민달팽이 기어간다
펄럭이며 일그러지는 얼굴

〔……〕

우후죽순 다른 것들이 살러 온다 —「색안경」 부분

세상과 배를 맞대고 있는 김수영의 '유리창'이 떠오른다. 유리창의 네모난 구획이 '입 구(口)'자를 연상시킨다. 류인서는 "접착력을 잃"은 유리창을 제시한다. 유리창에는 더 이상 풍경이 거주하지 않는다. 유리창이 "풍경을 먹고 살지 않는다." 유리창은 풍경을 거세했다. 풍경의 이동을 차단시켰다. "풍경은 더 이상 너에게서 나에게로 흐르지 않"게 되었다. 투명한 유리창이 차폐막이 되었다. 투명이 사라진다. 유리창은 "햇빛에 덴 이파리 한 장"으로 바뀐다. 이파리 한 장과 사각형의 벽돌과 얼굴이 인접한다. 유리창은 "창 안팎의 이야기들"을 전하지 않는다. 저 세계와 이 세계의 유대는 사라졌다. "밀반죽처럼 촉촉하게 숨 부풀어 오르지 않는" 세계에 우리는 갇혔다. 이야기들은 깨져버렸다. 유리창에 비가 떨어진다. "밥알을 밀어내는 혓바닥처럼 유리창이 퉤퉤 풍경을 뱉어"낸다. 풍경은 빗방울과 함께 축출된다. 풍경이 "비의 타액"에 묻어 잠시 머물

지만, 녹은 풍경은 이내 흘러내리는 것. "지워지는 세계의 목덜미 위로 느릿느릿 민달팽이 기어"가며 풀어진 세계를 다시 뭉개버린다. 마치 와이퍼처럼. 세계가 지워지고 있다. 이쪽과 저쪽의 풍경 전부가 사라져버렸다. 유리창이 모든 것을 통과시킨다. 머물지 못한다. 유리에 풍경이 접착될 수 없다. 유리에 '나'의 시선이 부착되지 않는다. 유리가 '나'와 세상을 밀어낸다, 튕겨낸다. 색안경 렌즈 표면에 묻어 있다가 흘러내리는, 지워지는 풍경의 진공 속으로 "우후죽순 다른 것들이 살러" 몰려온다. 곧, 살러 온 다른 것들도 "세계의 목덜미"에서 미끄러져 추락할 것이다. 반복될 것이다. 우리는 이 시간의 무한궤도에서 벗어날 수 없다.

류인서의 비극성이 마련되는 자리. 류인서는 주체를 소거하려는 세계의 무한한 힘의 증좌를 거부한다. "펄럭이며 일그러지는 얼굴"이 "내 눈동자의 홈통을 지나 하수에 섞"여 사라지는 경로를 알기 때문이다. '나'가 사라지지 않는 한, 저 세계는 한 치의 오차도 없이 '나'를 침범할 것이다. '나'의 영역에서 '나'를 소개(疏開)한 후, 새로운 타자의 자리를, 자동적으로, 제공하지 않기 위해 류인서는 "풍경 밖으로 고립"되기를 선택한다. 여기의 주체를 스스로 소거시키고, 그 고통을 받아들인 후, 시인은 새로운 주체의 목소리를 불러낸다. 발화(發話)하는 주체는 사라지지 않는다. 시인은 오로지, 언제나, 살아남아서 모든 것을 목

격하고 기억하고 말해야 한다. 시인은 그곳에서 완강하게 버티다 또 사라졌다가 다시 돌아온다. 어제의 '나'라 해도, '나'의 부활이라 해도 어쩔 수가 없다. '나'라는 발화의 근원을 삭제했지만, 그 '나'를 한 번 더 수긍함으로써 과거의 '나'를 오늘의 새로운 발화 주체 '나'로 옹립할 수밖에 없는 시인의 운명을, 살려 오는 "다른 것들"을 받아들이는 행위로 시인은 수긍한다. 류인서는 더 깊게 내려선다. 저 밑바닥의 어둠 속에서, 세계로 향하는 포식의 욕망을 발화(發火)한다. 류인서가 포지(抱持)한 이중의 부정이 비극성 너머의 새로운 힘을 획득하는 순간이 찾아온다.

눈이 온다
와서
먹어치운다

가등 아래 남자를 먹어치운다
벤치뿐인 벤치를, 거기 붙은 빈자리를 먹어치운다
공터의 이글루 같은 자동차들을 먹어치운다

먹어치운다
엘니뇨와 라니냐의 소란한 탁자를 먹어치운다
던킨도너츠 커피 한 잔을 순식간에 먹어치운다
담벼락과 포장마차의 낡은 연애를

돌아와 쓰러져 눕는 반 토막 그림자를 먹어치운다

전화선 너머 국경 너머
둥지 밖 새들의 잔고를 먹어치운다
발 묶인 봄, 세상으로 가는 이정목을 먹어치운다
저의 시작 북풍의 침대까지 남기지 않고 먹어치운다

다 먹어 텅 빈 눈의 식탁 눈의 위장
소화불량
폭설이 온다 ―「눈」 전문

포식자 눈이 등장했다. '먹어치우는' 눈이 내린다. 눈이 오는 이유는 "와서/먹어치"우기 위해서다. 덮어버리고 매장해버리는 눈이 아니라 먹어버리고 삼켜버리는 눈이다. 눈은 입이 없는데, 모든 것을 먹어치운다. 먹히는 것은 어떠한가. "가등 아래 남자"와 "벤치뿐인 벤치"에 '붙어 있는' "빈자리"와 "공터의 이글루 같은 자동차"와 "엘니뇨와 라니냐의 소란한 탁자"와 "던킨도너츠 커피 한잔"과 "담벼락" 밑 "포장마차"와 그곳에서 실패한 연애 때문에 술 마시고 귀가하여 쓰러져 눕는 어떤 사람의 "반 토막 그림자"와 "둥지 밖 새들"과 "세상으로 가는 이정목"과 "북풍의 침대"까지 눈은 모조리 먹어치운다. 모든 것이 눈에 먹힌다. 모든 것이 눈에 의해 사라진다. 세계가 덮였다. 눈의 육체

속에 우리는 갇힌다. 우리는 녹아내릴 것이다, 소화될 것이다. 우리는 액체가 되어 세계의 하수구로 흘러들 것이다. 눈은 저의 근원마저 먹어치우는, 살생을 두려워하지 않는, 부모를 먹어치우는 야수다. 먹고 먹어 눈의 식탁에는 더 이상 남아 있는 것이 없다. 세상은 흰 눈으로 덮였다. 세상은 눈의 식탁이 되었다. 눈의 식탁 위에 흔적을 남길 존재가 없다. 시인은 이 무한한 식욕의 세계에 무엇인가를 남기고 싶어 한다. 한 사람의 발자국, 한 시인의 한마디 발화. 류인서는 "눈의 위장"으로 들어간다. 설상(雪上)에 선다. 가득 찬 눈의 위장을 터뜨린다. 눈이 먹어치운 것들이 쏟아진다. 다시 폭설이다. 그리고 쓴다. 세계가 재구(再構)된다. 먹혔던 것들이 귀환한다. 류인서는 세계의 매듭을 묶고 푸는 유일자다. 시인은 세계를 주재하는 신적인 존재다. 이 눈의 세계 위에 홀로 서서 눈의 얼굴에 균열을 새기는 시인의, 언어와 몸과 문자가 선명하다. 눈이 세계를 먹어치우는 것이 아니라 시인이 눈의 세계를 포식한다. 식욕이 밑바닥 깊은 어둠 속에서 번뜩인다.

3

진릿값을 지니는 어떤 하나를 상정하지 않는 것, 선험의 세계로 환원되지 않는 것, 전체를 소거하기 위해 부분

이 호출하는 구체성으로 세계를 해석하는 것. 류인서의 시가 진동하는 자리에서 생성되는 것. 류인서의 동력으로 들어간다. 우리는 이렇게 물어볼 수 있다. 류인서의 시가 마련한 깊이, 그 안에 무엇이 있는가. 류인서의 어둠 속으로 진입한다.

> 취향을 갈아치우는 창가에 늪으로 앉아
> 우리는 아작아작 꽃 먹어치우는 병 두고 차 마시지요
> 씨앗과 벌레와 빵 부스러기 식탁을 버리고 냅킨구름에 부리 닦으며 가는
> 창 너머 새들의 식욕을 간섭하지요
> 악취 달큰한 공기 편식자—검은 파리 떼 날개미 나 당신—모두 이 병의 슬하니까요
> 이심전심 근친의 꽃가지 얽어 은밀해지는 우리
> 오늘도 아름다울 테니까요
> 병은 여태 물 한 번 간 적 없는 병, 꽃병이랍니다
>
> —「추문」 부분

움푹 팬 것들, 안에 담기는 것들, 깊이 속으로 침몰하는 것들이 보인다. 시인은 "늪으로 앉아" 있고, 탁자 위에는 "아작아작 꽃 먹어치우는 병"이 있고, 그 곁에서 우리는 "차 마시"며 창밖, 저 너머를 바라본다. "냅킨구름에 부리 닦으며" 지나가는 "창 너머 새들의 식욕"을 꽃병으로 끌어

들이는 시선 또는 언술. 꽃병에 담긴 "악취"와 "검은 파리 떼 날개미 나 당신" 모두 "달큰한 공기 편식자"가 된다. 우리 "모두 이 병의 슬하"가 되고 만다. 꽃병에 담긴, 어두워 쓸모없는 것들, 그것과 우리는 하나라서 "이심전심 근친의 꽃가지 얽어 은밀해"졌다. 우리의 내장은 썩어 어둠의 일편이 되었지만, "오늘도 아름다"운 날이라서 우리는 빛의 세계에 앉아 있다. 류인서가 주목한 꽃병 속 썩는 물의 세계. "여태 물 한 번 간 적 없는" 이 세계의 부패 과정에는 끓어오르는 열기가 내장되어 있다. 류인서는 썩어가는 것들을 주목한다. 생과 사, 미와 추, 명과 암의 구분은 허상이다. 류인서는 이 모든 것들이 뒤섞여 있는 혼돈의 밑바닥으로 기꺼이 내려간다. 정해진, 바깥에서 안으로 덮어씌우는, 진리로 상정된 것을 류인서는 알지 못한다. 우리의 내부에, 태초에, 어둠이 있었다.

이 구름에서 제일 맛있는 부위는 탄력 주름 풍부한 바깥잎으로 알려져 있다
이것의 급소는 이번에도
음악 아닐까, 하고
한입 베어 물기부터 했을 거다 그는
떫고 딱딱해, 늙은 종교 맛이야

반송 불가 그의 구름이 울타리 앞에 있다

은연중 누구나 저걸 베어 물었을 테지

독을 품었을지 모른다는 의심 그것이 독기일 테지

구름은 무수한 숨은 이빨 자국과 알게 모르게 번진 핏물 얼룩을 가져

생기 있는 표정이다

어떤 구름도 문 적 없는 분홍 잇몸처럼

—「장물(臟物)」 부분

'그'에게서 훔친 것, 지금 '나'의 것이 된 "그의 구름" "탄력 주름 풍부한 바깥잎" 속에 "무수한 숨은 이빨 자국과 알게 모르게 번진 핏물 얼룩"이 숨겨져 있다. '그'의 세계에서 류인서가 훔쳐 '나'의 내부에 숨겨놓은 것, 아니 우리 안에 숨어 있는 것, "어떤 구름도 문 적 없는 분홍 잇몸"처럼 "생기 있는 표정"은 저 "늙은 종교 맛"의 세계를 부정하게 하는 힘이다. 생생한 감각의 구체성이 자리 잡은 곳, '나'가 안에〔內〕 감춘〔藏〕 것의 자리, '나'의 내장(內臟)에는 어둠이 가득하다. 이 어둠 속에서는 감각만이 유일한 세계 인식 방법이 될 것이다. 류인서의 감각이 혼돈을 융합하여 시의 에너지로 바꾼다. 류인서의 '육체=언어'가 '세계=구름'을 처음으로 베어 문다. 시의 "분홍 잇몸"이 선명하다. 류인서의 어둠의 근원, 바닥으로, 깊이 속으로 더 내려가보자.

발바닥이에요

손바닥이에요

그렇게 흘레붙어 낳은

애면글면 내 어린 혓바닥들이에요

태엽 손잡이만 한

날개에요

식어 느슨해진 중천을 팽팽하게 충전하는 말랑하게 풀어 읽는

장악(掌握)이에요 —「나비」 부분

류인서의 밑바닥에는 "발바닥"과 "손바닥"이 있다. 이 둘이 "흘레붙어" "어린 혓바닥"을 낳았다. 이것은 "태엽 손잡이만 한" 날개가 된다. 그렇다. 류인서의 세계는 '무엇'이 '되는' 곳이다. 무한한 변전(變轉)이 가능하다. 발바닥과 손바닥이 혓바닥이 되고, 이것이 나비가 된다. 나비가 날아오른다. "식어 느슨해진 중천을 팽팽하게 충전하"는 나비의 날갯짓은 이 세계의 고요와 긴장을 "말랑하게 풀어"내는 "장악(掌握)"이다. 나비는 세계를 쥐는 두 손바닥〔掌〕이다. 손(발)바닥이 날아간다. 나비가 세계를 붙였다 떼었다 하면서 저 세계로 나아간다. 나비의 날갯짓 사이, "꽃과 꽃 사이"에, "두께와 무게로 떨어져 쌓이는 무른 그림자와 얼룩들"이 보인다. 나비가 날개를 접었다 폈다 한다. 나비의 날갯짓에 세계가 압축된다, 팽창한다. 류

인서의 나비가 우리를 끌어당긴다. 나비를 따라 우리는 저 세계로 간다. "무장해제 당하는 포로 잡힌 도시"를 본다. 나비가 날아간다. "방부 처리의 표본 상자 같은 광장을(침대를) 안고 천창 밖으로 사라지는" 우리의 세계, "참을 수 없이 가벼운 세계"를 나비가 잡아끈다. 이 찬란하게 빛나는 감각의 밀도가 이루어낸 경이로운 초월의 세계는 전체성과 추상성을 알지 못한다. 이것은 기획한 것이 아니라, 감각에 의해 획득된 것이다. 죽음의 세계를 지나 다른 세계로 폴락폴락 날아가는 나비 앞에서 류인서는 어둠과 깊이를 예인한다.

4

시는 철학이 아니고, 철학의 시녀는 더더욱 아니다. 류인서의 시에서 감각은 철학을 포식한다. 진리는 시를 모르지만, 시는 진리를 안다. 하지만 진리를 진술하지 않는다. 시에 진리를 설파하는 언술이 자리 잡을 곳은 없다. 우리는 철학으로 시를 해석하려 한다. 시의 머리 위에 철학을 얹어놓는 실수를 범하기도 한다. 철학 없이 철학을 번역하는 시를 본다.

창 없는 소리의 외벽을 타고 청가시덩굴 담쟁이가 반군처럼

증식한다 어떤 세계는 무성하게 고립한다 그렇게 봉인된다
　벽돌 속의 입 없는 소리벌레가 조금씩 안을 파먹으며 몸을
키운다 탈바꿈 중인 벌레의 어둠이 날개를 달 때 소리와 허
공의 자리바꿈이 끝난다 차갑고 얇은 내식성의 고요,
　고요의 내부를 수맥처럼 뚫고 가는 수직사막의 뿌리
—「공벽」 부분

"반균처럼 증식"하는 류인서의 감각이 주어진 관념과 철학을 "봉인"한다. 시인은 "소리와 허공의 자리바꿈"이 끝나는 순간 "어둠이 날개를 달"게 된다는 것을 알고 있다. 시인은 머리로 이해하지 않는다. 시인은 가슴으로 경험하고 온몸으로 체득한다. 류인서가 포착한 "차갑고 얇은 내식성의 고요" 속에서 "창 없는 소리의 외벽을 타고" "청가시덩굴 담쟁이"가 세계를 사각사각 갉아 먹는다. "어떤 세계"가 "무성하게 고립"되는 중이다. 고요가 세계를 밀봉한다. 그 안에서 "고요의 내부를 수맥처럼 지나가는 수직사막의 뿌리"가 전진하고 있다. 세계의 봉인은 곧 해제될 것이다. 세계는 폭발할 것이다. 임계점을 향해 류인서는 전진한다. 고요를 다스리고, 침묵으로 세계를 조종하고, 도래할 파열의 순간을 기다리는 어떤 짐승의 검은 눈빛이 여기에 있다. 이것이 류인서의 힘이다. 류인서의 고요는 조화와 균형으로 생성된 것이 아니다. 표제작 「신호대기」에서 "기다림"은 "바람이 열어 보이는 틈바구니"에 똬리를

틀고 있다. 류인서의 고요가 거기에 있다. 시인이 세계에 떠도는 "고독한 살냄새"를 포착할 때, "밀도가 다른 두 공기 덩이가 길 가운데서 만"나는 순간을 거느릴 때, 시인의 감각이 벌어짐과 다묾 사이에서 깊이를 장전할 때, 시는 생생한 감각으로 으르렁거린다. 균형과 조화가 이룩되려는 그 순간, 끓는점 직전에, 류인서의 시는 야수적 감각의 이빨을 드러낸다. 전체성을 물어뜯는다. 온전한 구체성이 확립된다. 균형과 조화를 배반한다. 균형과 조화의 목덜미를 깨문다. 피가 흐른다. 류인서는 "피우지 않은 꽃들과 완성되지 않은 순간을 묻어"둔다. 아직 꽃 피우지 않은 것이다. 류인서의 시를 읽은 날이다. "오래 잠가둔 수도꼭지에서" 감각의 "붉은 물이 쏟아진 날이다"(「구구소한도를 빌리다」). ▨

> 출구를 감추는 불빛들,
> 나는 무릎에서 흘러내린
> 기다림의 문턱값을 밟고 서 있다
> 바람이 열어 보이는 틈바구니에서
> 마른 유칼리 나뭇잎의 고독한 살냄새가 난다
>
> 동쪽에서 꺾은 가지를 서쪽 창에서 피울 수 있을까
> 화분을 안은 여자의 아이가 손안경을 만들어 다른 곳을 볼 때

그림자들이 살아났다

밀도가 다른 두 공기 덩이가 길 가운데서 만난다 전선이 통과한다

우리 몸에 시간이라는 전류가 흐르기 시작한 것도 이때였을 것이다

—「신호대기」 부분